Ce livre est pour
toutes les personnes qui ont besoin de se retrouver,
celles qui n'arrivent pas à parler de leurs émotions,
celles qui ont récemment perdu un(e) proche,
celles qui ne demandent jamais d'aide,
et toutes celles qui ont besoin de se sentir écoutées.

Ce livre est à vous.

Nous avons tous et toutes une histoire et un passé qui font de nous ce que nous sommes aujourd'hui. Certains souvenirs sont agréables, d'autres nous hantent très longtemps, mais ils participent tous à nous construire en tant qu'êtres humains. Comprendre et accepter ton histoire t'aideront à devenir la meilleure version de toi-même.

Tes comportements, ton caractère, tes peurs, tes émotions et tes réactions peuvent très souvent s'expliquer par ce que tu as vécu, dans un passé proche ou lointain. Il t'est peut-être difficile d'en parler, de montrer tes véritables émotions ou tout simplement d'être vraiment toi-même avec les autres. Mais il est tout à fait normal d'avoir besoin de parler, de raconter, d'extérioriser ce qui se passe à l'intérieur de toi...

Tu as peut-être commencé ce voyage avec le livre *My name is*, sorti en 2023, grâce auquel tu as pu t'ancrer dans le présent, revenir sur le passé et te projeter dans l'avenir. *My name was*, que tu tiens entre les mains, est plus profond, plus sombre, plus personnel, et aborde uniquement ton passé. Prends le temps de t'écouter, d'écrire et de ressentir chacune des émotions qui vont te traverser pendant ce travail d'introspection.

À chaque question, prends le temps de réfléchir, de te souvenir et de répondre avec franchise. Contrairement à *My name is*, tu peux oublier la spontanéité et la rapidité. Prends conscience de ton ressenti et de ce qui se passe en toi lorsque tu remplis une page.

Ce carnet est ton confident. Tu peux tout écrire ici, y compris tes plus grands secrets. Il n'est qu'à toi, personne ne te jugera puisque toi seul(e) sauras ce que tu y as écrit.

Tu peux le remplir quand tu veux et où tu veux tant que tu es seul(e). Pour que l'introspection fonctionne, il faut que tu sois dans un lieu assez calme pour pouvoir vivre les choses avec sincérité et profondeur. C'est ton histoire : celle qui explique qui tu es aujourd'hui et qui tu pourras être demain.

Chaque page est prédécoupée pour que tu puisses la déchirer et t'en débarrasser au fur et à mesure de ton écriture. Tu dois te retrouver avec un livre vide à la fin du chapitre 10. (Attention à ne déchirer les pages qu'une fois que le recto ET le verso seront remplis.) Dès qu'une page est remplie, surtout, détruis-la ! Une fois que tu auras analysé et compris ton passé, il ne te servira à rien de t'encombrer de mauvais souvenirs alors : fais table rase et laisse-le derrière toi pour avancer.

Ce livre constitue un réel travail d'introspection. Prends le temps de répondre à chacune des questions en détaillant certaines parties de ta vie. Écris ce que tu n'oses jamais dire, écris à propos des émotions que tu ressens sur le moment et réfléchis au sens réel de chacun des questionnements auxquels tu vas être confronté(e). Chaque page mérite réflexion. C'est le moment de laisser ton passé s'échapper.

Certaines questions peuvent être plus difficiles que d'autres. Surtout : laisse-toi aller. Tu as peut-être besoin de pleurer, et c'est ok ! Pour passer à autre chose, il est important d'avoir extériorisé ce qui est enfoui en toi. Si tu es en colère, défoule-toi sur la page à déchirer. Quand tu te sentiras mieux, c'est que tu seras prêt(e) à passer à la question suivante.

Te sens-tu réellement prêt(e) à faire ce travail d'introspection, à prendre soin de ta santé mentale afin de ne plus porter sur les épaules le poids de ton passé, et à améliorer ton quotidien pour les années à venir ?

Notes À TOI-MÊME avant de commencer ce livre.

DESSINE-TOI sur cette page.

Es-tu prêt(e)
à oublier ton passé ?

◯ *Oui* ◯ *Non*

chapitre 1

RENCONTRE AVEC L'INCONNU

Il y a souvent une grande différence entre qui tu es avec les autres, ce que tu acceptes de montrer à tes ami(e)s, ta famille, tes proches, ce que tu montres sur les réseaux sociaux… et qui tu es vraiment au fond de toi. Alors… qui es-tu RÉELLEMENT ?

Qui ES-TU ?

Comment VAS-TU réellement ?

AIMES-TU qui tu es ?

◯ Oui ◯ Non

Pourquoi ?

Quels sont LES MOTS que tu utilises le plus ?

Si tu pouvais CHANGER une chose CHEZ TOI,
que choisirais-tu ? Pour quelle(s) raison(s) ?

À ton avis, que PENSENT les gens de toi lorsqu'ils te REGARDENT ?

L'IMAGE que tu renvoies correspond-elle
à qui TU ES VRAIMENT ?

Quelle est la personne qui a LE PLUS IMPACTÉ ta vie
et comment ?

Quel est ton MEILLEUR SOUVENIR ?

Cite 10 ÉVÉNEMENTS de ta vie qui ont fait de toi la personne que tu es aujourd'hui.

1. ....

....

....

....

....

2. ....

....

....

....

....

3. ....

....

....

....

....

4. ....

....

....

....

....

5. ....

....

....

....

....

6. ....

....

....

....

....

7. ....

....

....

....

....

8. ....

....

....

....

....

9. ....

....

....

....

....

10. ....

....

....

....

Quel MOMENT a changé ta vie pour toujours ?

Quels sont les moments où tu te sens À TA PLACE ?

Quelles sont les choses qui comptent RÉELLEMENT pour toi ?

Es-tu plus DUR(E) envers toi-même qu'envers tes ennemi(e)s ?

chapitre 2

LES ABYSSES

Notre passé impacte notre présent et fait de nous ce que nous sommes en tant qu'êtres humains. Afin de mieux te connaître, il va falloir que tu creuses dans tes souvenirs les plus profonds et dans ton vécu, et que tu cherches les réponses qui t'aideront à comprendre qui tu es.

Comment TON ENFANCE a-t-elle marqué ta vie actuelle ?

Quelles sont les décisions que tu as prises dans le passé
que TU REGRETTES LE PLUS ?

Pour quelle(s) raison(s) as-tu PLEURÉ dernièrement ?

Écris une lettre à la personne qui T'A LE PLUS BLESSÉ(E) en lui expliquant ce qu'elle a fait.

As-tu déjà menti POUR PROTÉGER les personnes que tu aimes ? Si oui, quel est TON PLUS GRAND MENSONGE ?

Regrettes-tu ce mensonge ?

◯ Oui ◯ Non

Liste 5 CHOSES que personne ne sait sur toi.

1. ....

....

....

....

....

2. ....

....

....

....

....

3. ....

....

....

....

....

4. ....

....

....

....

....

5. ....

....

....

....

Coche dans la liste ci-dessous ce dont TU AS PEUR.

- ◯ L'abandon
- ◯ Le rejet
- ◯ La solitude
- ◯ L'oubli
- ◯ La mort
- ◯ Vieillir
- ◯ Ne pas suffire
- ◯ Le conflit
- ◯ Être insuffisant(e)

N'hésite pas à étoffer cette liste.

....

....

....

....

....

....

....

....

....

....

....

....

....

As-tu peur de L'ABANDON ? À ton avis, qu'est-ce qui dans ton passé pourrait expliquer cette peur ?

Quelles sont les choses qu'on t'a dites qui t'ont PROFONDÉMENT BLESSÉ(E) ?

....

....

....

....

....

....

....

....

....

....

....

....

....

....

....

....

....

....

....

....

....

....

....

Est-ce que tu sais DIRE « NON » quand il le faut ?

◯ Oui ◯ Non

DIS « NON » à quelqu'un au moins une fois cette semaine. Reviens ensuite raconter ici ce que tu as ressenti avant d'arracher cette page.

....

....

....

....

....

....

....

....

....

....

....

....

....

....

....

....

....

....

....

Quel est ton plus grand SECRET ?

Quels ÉCHECS ont marqué ta vie ?

Quels sont les TRAUMATISMES qui t'empêchent d'avancer ?

Est-ce que tu crois au VÉRITABLE AMOUR ?

*T'avoir rencontré(e) m'a fait vivre
une des plus belles et dévastatrices
périodes de ma vie.*

chapitre 3

LE DÉTACHEMENT

Il est souvent difficile de dire au revoir à quelqu'un, d'avancer et de tourner la page. Mais la vie est ainsi faite : les gens se rencontrent, se découvrent, s'aiment et s'éloignent jusqu'à s'oublier. Accepter que les gens ne puissent pas forcément rester dans ta vie éternellement t'aidera à avancer. Tu ne peux pas tout contrôler, il faut apprendre à se détacher.

Quelle est la personne qui TE MANQUE le plus ?
Pour quelle(s) raison(s) ?

Quel a été le « AU REVOIR » le plus difficile de ta vie ?

Écris UNE DERNIÈRE LETTRE à quelqu'un à qui tu n'as jamais pu dire « au revoir ».

Quel est LE DÉCÈS qui a été le plus difficile à ACCEPTER pour toi ? Comment te sens-tu aujourd'hui par rapport à cela ?

D’après toi, pourquoi est-ce si difficile de perdre UN PROCHE ?

Écris sur cette page le nom de toutes les personnes qui ne font PLUS PARTIE de ta vie.

Choisis l'une des personnes citées à la page précédente et écris ici tout ce que tu voudrais LUI DIRE.

Quelle est la personne de ta vie que tu devrais LAISSER PARTIR ? Pour quelle(s) raison(s) ?

Quelles sont les personnes de ton entourage
qui NE VONT PAS BIEN en ce moment ?

Comment te sens-tu par rapport à leur MAL-ÊTRE ?

Quand as-tu dit « JE T'AIME » pour la dernière fois en le pensant vraiment ?

Est-ce que ton CŒUR a déjà été BRISÉ ?

Est-ce que tu te sens coupable quand tu fais passer TES BESOINS avant ceux des autres ?

Raconte ta première PEINE DE CŒUR.

Que s'est-il réellement passé entre vous DEUX ?

AIMES-TU encore cette personne ?

Selon toi, est-il plus important d'AIMER ou d'ÊTRE AIMÉ(E) ? Pourquoi ?

Souhaiterais-tu recevoir DES EXCUSES de la part de quelqu'un ? Qui est cette personne et qu'aimerais-tu qu'elle te dise exactement ?

Quelles sont les personnes que tu n'as rencontrées QU'UNE FOIS mais qui ont marqué ta vie POUR TOUJOURS ?

chapitre 4

PETITES VOIX DANS LA TÊTE

Tu es important(e) et tu comptes. La première personne pour laquelle tu dois compter, c'est toi-même. Pense à prendre soin de ta santé mentale. Pour cela, il faut d'abord que tu comprennes ce que tu ressens. Tu as le droit d'extérioriser tes émotions. Tu mérites de vivre, d'être heureux(se), d'être aimé(e) et, surtout, de t'aimer.

Sur une échelle de 1 à 10, comment te sens-tu MENTALEMENT ?

Quelle est l'épreuve LA PLUS DIFFICILE que tu as dû traverser ?

Écris à propos d'un de tes TRAUMATISMES D'ENFANCE.

Que fais-tu quand tu es ANXIEUX(SE) ?

Liste LES ACTIVITÉS qui te font du bien.

Écris ici quelque chose dont tu ne peux parler à personne, CRIE-LE très fort et DÉCHIRE la page.

J'espère que tu trouveras des personnes
qui te feront réaliser qu'il n'y a rien de mal
à être la personne que tu veux être.

As-tu déjà souri alors que tu venais d'être HEURTÉ(E) au plus profond de toi ?

◯ Oui ◯ Non

Écris ce que tu as ressenti à ce moment-là.

De quelle(s) façon(s) TE FAIS-TU DU MAL sans forcément t'en rendre compte ?

As-tu parfois l'impression D'ÊTRE VIDE ?

Quelle est la chose LA PLUS DOULOUREUSE que l'on t'ait dite ?

Qu'est-ce que les gens ne comprennent pas À PROPOS DE TOI ?

Prends une minute
pour respirer, tout va bien.

Est-ce que tu te considères RESPONSABLE de tes problèmes ?

Quelles sont tes plus grandes sources de STRESS ?

Écoutes-tu DES MUSIQUES que tu ne pourrais jamais écouter devant les autres ? Lesquelles ?

....

....

....

....

....

....

....

....

....

....

....

....

....

....

....

....

....

....

....

....

....

....

....

Quelles sont les choses qu'on a pu te dire de manière INSIGNIFIANTE mais qui t'ont malheureusement marqué(e) ?

Quand te sens-tu le plus en PAIX ?

Quel est L'ENDROIT où tu te sens le mieux ?

La VALIDATION des autres est-elle importante pour toi ?
Pour quelle(s) raison(s) ?

Quelles sont les choses que tu ne peux pas CONTRÔLER ?

Quand t'es-tu senti(e) réellement HEUREUX(SE) pour la dernière fois ?

Quelles sont les choses qui TE MANQUENT pour être réellement heureux(se) ?

....

....

....

....

....

....

....

....

....

....

....

....

....

....

....

....

....

....

....

....

....

....

ÉCRIS sur cette page tout ce qui te fait du mal et… BRÛLE-la !

Chaque version de toi
mérite d'être aimée.

Est-ce que tu as BESOIN D'AIDE ? Si oui, de quelle sorte ?

Les numéros d'aide :

- *Numéro national de prévention du suicide : 31 14*
- *Fil Santé Jeunes : 0 800 235 236*
- *Nightline : santé mentale étudiante. Rends-toi sur le site Internet pour découvrir le numéro de ta région. Chaque nuit, des bénévoles sont à ton écoute.*
- *Croix-Rouge Écoute : 0 800 858 858*
- *Les Funambules Falret Écoute (pour les 7-25 ans dont un(e) membre de la famille souffre d'un trouble psychique) : 01 84 79 74 60*
- *SOS Amitié : 09 72 39 40 50*
- *France Dépression : 07 84 96 88 28*
- *SOS Suicide Phénix : 01 40 44 46 45*
- *Suicide Écoute : 01 45 39 40 00*

Cette liste est importante, tu peux en avoir besoin lors d'un moment de *down*. Je t'invite à la garder précieusement.

*Je ne sais pas comment expliquer ce que je ressens
actuellement, la seule chose que je peux dire
est que ça fait mal, très mal, et que j'ai besoin d'aide.*

chapitre 5

POURQUOI MOURIR ?

Tous les êtres humains naissent et vivent. Et un jour, ils meurent. Il est impossible d'y échapper, la mort est partout, sans être là. Il est normal d'avoir peur de voir ses proches mourir, d'avoir peur de mourir... Nous parlons très peu de ce sujet dans notre société, pourtant nous sommes tous et toutes concerné(e)s.

As-tu déjà eu envie de MOURIR ?

....

....

....

....

....

....

....

....

....

....

....

....

....

....

....

....

....

....

....

....

....

N'oublie pas que tu n'es pas seul(e) et que beaucoup de personnes tiennent à toi, même certaines que tu ignores.

Quelles sont les choses pour lesquelles tu aimerais
TE FAIRE PARDONNER avant de mourir ?

Si tu étais à ton PROPRE ENTERREMENT, qui aimerais-tu y voir et qu'aimerais-tu qu'il se passe ?

Que ferais-tu si c'était ta dernière SEMAINE DE VIE ?

Après ta mort, qu'aimerais-tu que les gens RETIENNENT DE TOI ?

As-tu PEUR DE MOURIR avant tes proches ?
Pour quelle(s) raison(s) ?

Qu'est-ce qui te donne LA FORCE de continuer à vivre ?

As-tu déjà perdu un(e) proche ? Comment as-tu SURMONTÉ ce deuil ?

Écris 10 CHOSES que tu aimerais accomplir avant de mourir.

1. ....

....

....

....

....

2. ....

....

....

....

....

3. ....

....

....

....

....

4. ....

....

....

....

....

5. ....

....

....

6.

7.

8.

9.

10.

Je vais vivre pour ....

Je vais vivre pour ....

Je vais vivre pour ....

Je vais vivre pour ....

Je vais vivre pour ....

Je vais vivre pour ....

Je vais vivre pour ....

Je vais vivre pour ....

Je vais vivre pour ....

Je vais vivre pour ....

Je vais vivre pour ....

Je vais vivre pour ....

Je vais vivre pour ....

Je vais vivre pour ....

Je vais vivre pour ....

Je vais vivre pour ....

Je vais vivre pour ....

Je vais vivre pour ....

Je vais vivre pour ....

Je vais vivre pour ....

Je vais vivre pour ....

Je vais vivre pour ....

Je vais vivre pour ....

Je vais vivre pour ....

Je vais vivre pour ....

Je vais vivre pour ....

chapitre 6

RESPIRE

Le sentiment de confiance est associé à la sécurité et au bien-être. Il est important que tu t'entoures de personnes sur qui tu peux compter. Cela pourra même t'aider à avoir une meilleure estime de toi. En tout cas, tu peux faire confiance à ce livre et y noter tout ce qui te passe par la tête. Il t'appartient. Il est à toi, et seulement à toi.

Écris en gros sur cette page le prénom d'une personne qui, à ton avis, dit DU BIEN DE TOI devant les autres quand tu n'es pas là.

Quelles sont tes plus GRANDES INSÉCURITÉS dans tes relations avec les autres ?

Raconte une EXPÉRIENCE durant laquelle tu as manqué de CONFIANCE EN TOI.

J'ai confiance en ....
J'ai confiance en ....
J'ai confiance en ....
J'ai confiance en ....
J'ai confiance en ....
J'ai confiance en ....
J'ai confiance en ....
J'ai confiance en ....
J'ai confiance en ....
J'ai confiance en ....
J'ai confiance en ....
J'ai confiance en ....
J'ai confiance en ....
J'ai confiance en ....
J'ai confiance en ....
J'ai confiance en ....
J'ai confiance en ....
J'ai confiance en ....
J'ai confiance en ....
J'ai confiance en ....
J'ai confiance en ....
J'ai confiance en ....
J'ai confiance en ....
J'ai confiance en ....
J'ai confiance en ....
J'ai confiance en ....

De qui es-tu JALOUX(SE) ? Pour quelle(s) raisons ?

As-tu tendance à souvent t'excuser, même quand CE N'EST PAS TA FAUTE ?

Es-tu vraiment TOI-MÊME tout le temps ?

As-tu assez confiance EN TOI ?

Arrives-tu à montrer TES ÉMOTIONS lorsque tu n'es pas seul(e) ?

As-tu CONFIANCE en ta famille et en tes proches ?

Quelles sont les choses que tu fais et que ta famille IGNORE ?

Écris le nom des personnes à qui tu aimerais faire confiance mais en qui tu ne peux pas te fier, et DÉBARRASSE-TOI de cette page.

Écris à propos de la pire TRAHISON que tu as vécue de l'un(e) de tes proches.

Écris sur cette page le nom de la personne qui t'a le plus détruit(e), déchire-la et brûle-la.

Quels sont LES CRITÈRES À REMPLIR pour que tu accordes ta confiance ?

Est-ce que tu penses qu'on ne peut FAIRE CONFIANCE qu'à soi-même ?

Qu'est-ce que tu pourrais faire pour GAGNER confiance en toi ?

chapitre 7

FACE CACHÉE

Nous avons tous et toutes en nous une part très sombre. Es-tu prêt(e) à affronter la tienne ?

As-tu PEUR d'une partie de toi ou de l'un de tes comportements ?

Quelles ERREURS as-tu faites dans ta vie ?

Quelles sont tes plus grosses ADDICTIONS ?

Comment ont commencé ces ADDICTIONS ?

....

....

....

....

....

....

....

....

....

....

....

....

....

....

....

....

....

....

....

....

....

....

....

....

Quelles sont les choses que tu fais, que tout le monde ignore, et pour lesquelles on pourrait te JUGER ?

Quelle est la CHOSE qui te rend heureux(se) au détriment des AUTRES ?

Quels sont tes TRAITS de personnalité toxique/tes *red flags* ?

As-tu BESOIN DE QUELQU'UN pour être heureux(se) ?

Liste 10 CHOSES que tu aimerais faire dont tu ne peux pas parler à ton entourage.

1. ....

....

2. ....

....

3. ....

....

4. ....

....

5. ....

....

6. ....

....

7. ....

....

8. ....

....

9. ....

....

10. ....

....

....

....

....

Avec qui es-tu RÉELLEMENT toi-même ? Pourquoi ?

Écris l'un de tes PIRES SOUVENIRS pour t'en libérer définitivement, puis BRÛLE cette page.

Tu peux être fier(ère) de toi pour avoir affronté ce moment de ta vie.

Quel est le PLUS GROS MENSONGE que tu aies dit à quelqu'un ?

As-tu déjà fait du mal à quelqu'un ? L'as-tu fait VOLONTAIREMENT ?

Aimerais-tu lui présenter des EXCUSES ? Que lui dirais-tu si tu avais le COURAGE d'aller lui en parler ?

Quelle est ta plus grosse TENTATION ?

DÉTESTES-TU quelqu'un ? Qui ? Pour quelle(s) raison(s) ?

Quelles sont les choses que tu aimerais que LES GENS NE SACHENT JAMAIS sur toi ?

Je déteste ....

Je déteste ....

Je déteste ....

Je déteste ....

Je déteste ....

Je déteste ....

Je déteste ....

Je déteste ....

Je déteste ....

Je déteste ....

Je déteste ....

Je déteste ....

Je déteste ....

Je déteste ....

Je déteste ....

Je déteste ....

Je déteste ....

Je déteste ....

Je déteste ....

Je déteste ....

Je déteste ....

Je déteste ....

Je déteste ....

Je déteste ....

Je déteste ....

Je déteste ....

chapitre 8

PARDONNE-TOI

Le passé est parfois douloureux mais il nous construit, nous renforce et nous arme pour le futur. Pour faire table rase et se tourner vers l'avenir, il faut prendre le temps de revenir sur son passé, de l'analyser, de l'accepter et de se pardonner. Pardonne-toi.

Qu'est-ce que le toi d'il y a 10 ANS penserait s'il te voyait AUJOURD'HUI ?

Quelles sont LES EXPÉRIENCES que tu regrettes de ne pas avoir vécues ?

....

....

....

....

....

....

....

....

....

....

....

....

....

....

....

....

....

....

....

....

....

....

....

L'INSOUCIANCE de l'enfance te manque-t-elle ? Pourquoi ?

Quelle est LA PIRE CHOSE que tu t'es infligée ?

Qui a été là POUR TOI quand tu étais au plus bas ?

Qu'est-ce qui t'a rendu(e) HEUREUX(SE) et t'a DÉTRUIT(E) en même temps ?

J'espère que nous serons heureux(ses),
mais nous ne serons malheureusement pas
heureux(ses) ensemble.

Écris ici quelque chose qu'on t'a dit et que TU N'OUBLIERAS JAMAIS.

As-tu vécu des problèmes FAMILIAUX ?

Les LIENS DU SANG sont-ils importants pour toi ?

Écris ici LE SOUVENIR d'un moment banal mais qui t'a pourtant marqué(e).

Personne ne t'aimera plus
que tu ne peux t'aimer.

Traverses-tu quelque chose de difficile en ce moment ? Si oui, que pourrais-tu faire POUR T'EN DÉTACHER ?

Quelles sont LES QUESTIONS pour lesquelles tu n'as jamais eu de réponses ?

À ton avis, quelles pourraient être LES RÉPONSES à ces questions ?

Est-ce qu'une PARTIE DE TOI est encore bloquée dans le passé ?

J'ai décidé d'oublier ....

J'ai décidé d'oublier ....

J'ai décidé d'oublier ....

J'ai décidé d'oublier ....

J'ai décidé d'oublier ....

J'ai décidé d'oublier ....

J'ai décidé d'oublier ....

J'ai décidé d'oublier ....

J'ai décidé d'oublier ....

J'ai décidé d'oublier ....

J'ai décidé d'oublier ....

J'ai décidé d'oublier ....

J'ai décidé d'oublier ....

J'ai décidé d'oublier ....

J'ai décidé d'oublier ....

J'ai décidé d'oublier ....

J'ai décidé d'oublier ....

J'ai décidé d'oublier ....

J'ai décidé d'oublier ....

J'ai décidé d'oublier ....

J'ai décidé d'oublier ....

J'ai décidé d'oublier ....

J'ai décidé d'oublier ....

J'ai décidé d'oublier ....

J'ai décidé d'oublier ....

J'ai décidé d'oublier ....

chapitre 9

RECOMMENCER

Avoir peur du prochain chapitre de ta vie est tout à fait normal. Devoir recommencer n'est pas un échec, au contraire. Abandonne l'idée qu'il est trop tard pour être heureux(se). Donne-toi le droit de vivre quelque chose de nouveau et de devenir une meilleure personne, la personne que tu as toujours rêvé d'être.

Si tu avais la possibilité de REPRENDRE TA VIE depuis le début, que changerais-tu ?

Quelle est la personne qui TE CONNAÎT LE MIEUX
et pourquoi ?

Quels sont LES COMPLIMENTS qui t'ont profondément touché(e) ?

Est-ce que tu te sens LIBRE ?

De quoi es-tu RECONNAISSANT(E) ?

Est-ce que tu prends suffisamment SOIN DE TOI ?

Quelles sont les choses qui COMPTENT BEAUCOUP pour toi mais auxquelles personne ne fait attention ?

Écris sur cette page tous LES COMPLIMENTS
que tu aimerais RECEVOIR.

(Pense à faire ces compliments aux personnes de ton entourage dès que tu en auras l'occasion.)

Est-ce que TU T'AIMES autant que tu désires ÊTRE AIMÉ(E) des autres ?

....

....

....

....

....

....

....

....

....

....

....

....

....

....

....

....

....

....

....

....

....

....

....

Quelles sont LES PETITES CHOSES qui te rendent heureux(se) ?

Si tu devais tout RECOMMENCER, où irais-tu et avec qui ?

Comment envisages-tu TON AVENIR ?

Merci, ...

Merci, ...

Merci, ...

Merci, ...

Merci, ...

Merci, ...

Merci, ...

Merci, ...

Merci, ...

Merci, ...

Merci, ...

Merci, ...

Merci, ...

Merci, ...

Merci, ...

Merci, ...

Merci, ...

Merci, ...

Merci, ...

Merci, ...

Merci, ...

Merci, ...

Merci, ...

Merci, ...

Merci, ...

Merci, ...

chapitre 10

MY NAME WAS

Nous arrivons au dernier chapitre de ce livre. Bravo pour tout le chemin que tu as parcouru jusqu'ici avec ton livre My name was. *Il est temps de te concentrer sur l'avenir et de laisser l'ancienne version de toi dans le passé. Libère-toi du poids de tes traumatismes et sois prêt(e) à avancer et à connaître le bonheur.*

Quelles sont les LEÇONS DE VIE que tu as apprises ces dernières années ?

Quelle chose, ACCOMPLIE dans ton passé, te rend PARTICULIÈREMENT fier(ère) ?

Aimes-tu la personne que tu es en train de DEVENIR ?

Quand penses-tu trouver LE BONHEUR ?

Quelle est LA MEILLEURE CHOSE que tu aies faite sans que personne ne soit au courant ?

Quelles sont LES PERSONNES qui font de toi quelqu'un de meilleur chaque jour ?

Quelles sont les choses qui t'ont rendu(e) heureux(se)
et que tu aimerais REVIVRE ?

Quelle est la DERNIÈRE RÉFLEXION que tu t'es faite sur ta vie ?

As-tu envie de devenir UNE MEILLEURE PERSONNE ?
Que dois-tu faire pour devenir cette personne ?

Qu'est-ce qui pourrait donner DU SENS à ta vie ?

J'aime ....

J'aime ....

J'aime ....

J'aime ....

J'aime ....

J'aime ....

J'aime ....

J'aime ....

J'aime ....

J'aime ....

J'aime ....

J'aime ....

J'aime ....

J'aime ....

J'aime ....

J'aime ....

J'aime ....

J'aime ....

J'aime ....

J'aime ....

J'aime ....

J'aime ....

J'aime ....

J'aime ....

J'aime ....

J'aime ....

Comment vas-tu RÉELLEMENT à la fin de ce livre ?
(Sois le plus sincère possible avec toi-même.)

....

....

....

....

....

....

....

....

....

....

....

....

....

....

....

....

....

....

....

....

....

....

....

Envoie une photo de ces pages à l'auteur de ce livre sur Instagram, @lythancottaz, et attends sa réponse.

Sur une échelle de 1 à 10, quelle est la note que tu attribuerais à TA PERSONNE ?

QUAND pourras-tu dire que tu t'aimes ?

Écris une lettre au toi DU FUTUR.

Pour terminer ce livre, fais-toi UNE PROMESSE, écris-la et DÉCHIRE cette dernière page en mille morceaux.

Tu peux désormais
fermer ce chapitre de ta vie.

Ça y est, tu es arrivé(e) à la fin de ce carnet, tu peux être fier(ère) de toi. Au fil de l'écriture, tu as déchiré les pages complétées puis tu les as détruites. Peut-être que tu en as gardé certaines, en souvenir ou pour revenir dessus. Mais ce carnet vide doit être l'image d'un passé enfoui. À présent, le passé est derrière toi. C'est une étape essentielle, indispensable pour que tu te sentes bien, épanoui(e), et pour que tu connaisses enfin la personne que tu es véritablement.

La suite est ici :

Correction : Pauline Contant
Création graphique et mise en page : Studio Blick
Design de couverture : Studio Blick
Photographie du bandeau : Maxime Stange

76, boulevard Pasteur
75015 Paris — France
ISBN : 979-10-285-3027-3

Achevé d'imprimer en décembre 2023
sur les presses de la Nouvelle Imprimerie Laballery
58500 Clamecy
Dépôt légal : janvier 2024
N° d'impression : 310783

Imprimé en France

La Nouvelle Imprimerie Laballery est titulaire de la marque Imprim'Vert®.